Si los niños gobernasen el mundo

Para todos los niños a los que les gusta
la hora del recreo – L. B.

Para mis hijos y mis sobrinos,
quienes seguramente conquistarán
el mundo – D. H.

Puedes consultar nuestro catálogo en www.picarona.net

SI LOS NIÑOS GOBERNASEN EL MUNDO
Texto: *Linda Bailey*
Ilustraciones: *David Huyck*

1.ª edición: octubre de 2019

Título original: *If Kids Ruled the World*

Traducción: *David Aliaga*
Maquetación: *Isabel Estrada*
Corrección: *Sara Moreno*

Edita: Picarona, sello infantil de Ediciones Obelisco, S.L.
Collita, 23-25. Pol. Ind. Molí de la Bastida
08191 Rubí - Barcelona - España
Tel. 93 309 85 25 - Fax 93 309 85 23
E-mail: picarona@picarona.net

ISBN: 978-84-9145-311-6
Depósito Legal: B-19.124-2019

Impreso en ANMAN, Gràfiques del Vallès, S.L.
C/ Llobateres, 16-18, Tallers 7 - Nau 10, Polígon Industrial Santiga
08210 - Barberà del Vallès - Barcelona

Printed in Spain

Si los niños gobernasen el mundo

Texto: Linda Bailey

Ilustraciones: David Huyck

Picarona

Si los niños gobernasen el mundo,
¡cada día sería tu cumpleaños!

Y la tarta de cumpleaños sería buena para tu salud.

El médico te diría:

—¡No te olvides de comer pastel
si quieres crecer sano y fuerte!

Si los niños gobernasen el mundo,
no habría una hora de irse a la cama.

Las camas serían para saltar encima de ellas
y esconderse debajo.

¡Las almohadas serían
para hacer peleas de almohadas!

Y nadie tendría que **hacer** la cama.
¿Para qué?

Si los niños gobernasen el mundo,
¡sería el monstruo de tu armario
quien se asustase de ti!

En cualquier momento
podrías rugir y gritar:
—¡BUUU!

Escucharías un chillido.
Después un porrazo.

Podría ser el monstruo...
¡desmayándose!

Podrías ponerte cualquier prenda
que te gustase.

Una camiseta.
Un tutú.
Un esmoquin.

Incluso podrías llevar tu ropa interior
¡en la cabeza!

(Aunque no tienes por qué **querer** hacerlo).

Si deseases ir a alguna parte,
tendrías tu propio transporte mágico para llegar hasta allí.

Podrías tener una magicleta,
o un magicóptero,
o un magiglobo.

Si quisieses hacer un viaje más largo,
podrías navegar en un barco pirata.

Y si quisieses hacer un viaje realmente largo...

5, 4, 3, 2, 1... ¡IGNICIÓN!

Podrías tener todas las mascotas que quisieses.

¡De cualquier tipo!

Un canguro.

Un elefante.

Un oso grizzly.

Bueno, quizá un oso grizzly no...

Cada príncipe y cada princesa
tendrían su propio castillo.

¡Y todo el mundo podría ser un príncipe o una princesa!

Cada jardín tendría un lago
con ranas que atrapar,
y balsas en las que navegar,
un muelle desde el que saltar
y una misteriosa isla
hasta la que nadar...

¿Y qué encontrarías
si siguieses un mapa?

¡Que la X marcaba el lugar del tesoro!

No tendrías que volver a ducharte.
¡Para eso está el **lago**!

Pero si te apeteciese darte un baño...

...podrías hacerlo con toda la espuma que quisieras, ¡y en una bañera tan grande que cabrían **todos** tus amigos!

Cada jardín tendría un árbol.
Cada árbol tendría una casa del árbol.
Y cada casa del árbol tendría
una cuerda para trepar hasta allí.

En ella podrías guardar tu diario.
También tus códigos secretos.
Y no tendrías
que usar tinta invisible
porque **nadie** podría entrar.

¡Salvo que **tú** lo dijeses!

Podrías ir a cualquier tipo de escuela que te gustase...

Escuela de circo.

Escuela de hadas.

Escuela de inventores.

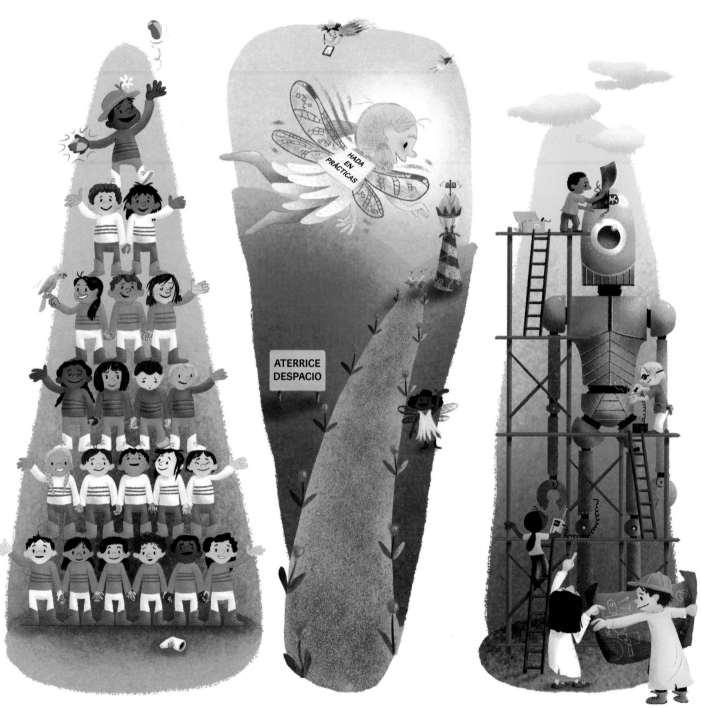

Muchos niños irían
a la escuela de recreo.

Si los niños gobernasen el mundo,
todos los bancos serían trampolines...

todos los coches serían ponis...
y los dinosaurios vivirían en el parque.

Y nadie se olvidaría de cómo

¡JUGAR!

¡De ninguna manera!

Ni siquiera aunque hubiese
cumplido ciento seis años
y hubiese perdido los dientes.